U0049482

꽃을 보듯 너를 본다

像看花一樣
看著你

羅泰柱 —— 著

柳亨奎 —— 譯

詩人的話

　　這本詩集收錄了網路上（部落格、推特等）最常出現的我的作品。因此，它既是我的詩集，同時也充分呈現出讀者的意見。我相信詩人的代表作並非由詩人自己決定，而是由讀者決定的。讀者的力量如此巨大，從這方向來看，這本詩集對我有很特殊的意義。同時，因為收錄的詩都是讀者挑選出來的，希望讀者們都會喜歡。最後，對於我在這顆已是生命末期之行星的地球上再一次用紙出書，對樹木與陽光不免有些歉意。在此也為書前的你祈福。

2015 年初夏
羅泰柱

目錄

你

你
我有多麼喜歡
你不必知道

喜歡你的心情
只是我自己的
這僅只我一人的
思念
已經盈盈滿溢……

從此
即使沒有你
我也能喜歡你。

那句話

想見你
時常思念你

然而直到最後
都沒說出口的那句話是
愛
愛你

留在嘴裡的那句話
盼能化作花
化作芬芳
化作歌。

很
好

很好
你說很好我也覺得很好。

回答愛情

不那麼美的看作美
是愛

不那麼好的想成好
是愛

即使有討厭的事也忍下來
不只起初如此

直到後來，很久很久的後來都一直如此
就是愛。

起風的日子

你難道不想見我嗎？
我如此寫在雲彩

我實在太想見你了！
我讓這句話乘風而去。

陷
阱

你的身體
散發著丁香芬芳，紫色的

你的嘴唇
流洩出松蘭清香，天藍色的

你的眼底
燃燒著蠟燭，金黃色的

但那都是騙人的
迷惑人的陷阱。

思
念

有不准走卻想走的路
有告訴自己不要見卻想見的人
有不許做卻更想做的事

那是人生，那是思念
那是你。

醜娃娃

醜，反而可愛
小眼睛，緊蹙的臉

你看你看
現在也是快哭了的模樣

即使如此，孩子，我還是愛
很愛很愛你。

過日子的方法

思念的日子我畫畫
寂寞的日子我聽歌

剩下的日子
我只想著你。

日日祈禱

我祈求時說的第一個人是你
我懺悔時第一個名字也是你。

每幾個人裡

每幾個人裡
總有人

像看嬰兒一樣看著你

蹙緊的眉頭
緊閉的嘴唇
有什麼
煩悶心事嗎？

像看花一樣看著你。

初
雪

幾天沒見著你
感到焦渴了

昨晚也是漆黑的夜
而我想見你的心
更是漆黑

每天每天的想念
心因而焦渴
我漆黑的心
化作白雪降下

你用雪白的心
將我擁抱。

孤島

這是你和我
牽著手，閉著眼，一起走來的路

如今你已不在我身邊
我該怎麼辦？

找不到回去的路
我一個人在原地哭泣。

感覺

眼角彎彎
新月
你的眼睛……透著悲傷

身材瘦小
青蘋果
你的模樣……令人心疼

簡短的回答
傍晚微風
你的聲音……讓人惋惜

即使如此，我還是喜歡你。

彼此是花

我們彼此是花
也是祈禱

我不在時，你
一定很想見我吧？
時常想著我吧？

我生病時，你
一定很擔心吧？
想要禱告吧？

我也跟你一樣
我們彼此是祈禱
彼此是花。

請
求

不會很久，就一會兒
不需很多，就一點兒
我想在你身邊坐著
短短片刻

為什麼會變成這樣
我也不知道

才剛見面，才剛分開
已經又想看你的臉
才剛聽到，才剛轉身
已經又想聽你的聲音

夜空中獨自閃亮的我是星星
寂寞山路裡獨自行走的我是微風

看一眼你的笑臉
聽一聲你的聲音
我就會立刻離開
請讓我，拜託你

為什麼會變成這樣
我也不知道。

花兒，你好

向花兒問好時說
花兒，你好！

向所有的花
總括地問一聲好
是不行的

要直視著
花群裡一朵一朵的花說
花兒，你好！你好！

這樣問好才對
百無一失地對。

美

你那樣目不轉睛地看著我
是怎樣！

這話意味著
你已經知道我在看你了

你早就知道了
你很美。

心射祈禱

尚未實現的好事
請讓我實現
尚未認識的佳人
請讓我認識
正說著阿門時
你的臉浮現腦海
我立即驚醒
睜開了眼。

對
你

來到這個世界
我說的話裡
最善良的
要說給你聽

來到這個世界
我懷有的思念裡
最可愛的
要傳達給你

來到這個世界

我能做的表情裡
最悅人的
要展現給你

這就是
我愛你真正的理由
在你面前做最好的人
就是我最大的心願。

寫在雪上

寫在雪上
我愛你
因此我不能
輕易離開地球這顆
美麗的星星。

直到底

看著你的臉，我很開心
聽著你的聲音，我很感激
與你的目光一瞬相交，我由衷喜悅

直到底

在你身旁聽著你的呼吸
就是我的幸福
你在這世上活著，所以我也活著
這就是我存在的原因。

極度恍惚

絢爛耀眼，令人恍惚
喜歡到不知所措
喜歡到快要昏厥
總之喜歡得要死

太陽升起令人恍惚
太陽西沉令人恍惚
鳥鳴花開令人恍惚
河川搖著尾巴入海
令人恍惚

是的
特別是海水之起伏，一波動而萬波隨
那兒的晚霞令人恍惚
讓人心燃起跳水自盡的衝動

不，在我面前笑著的你令人恍惚
極度令人恍惚

究竟你從哪兒來的？
怎麼來的？
為何而來？
彷彿是為了實現千年前的約定。

花影

問孩子

很久很久以後我死了
你會來為我哭泣吧？

孩子看著我
以淚水汪汪的雙眼代替了回答。

星星

也許來得太早，也許來得太晚
不是這，就是那
也許走得太快，也許留得太久
一樣不是這，就是那

有人匆匆離開後
久留閃亮的光芒

手已凍僵而無法牽手的
悲愁
太遠，也太短

無論怎麼伸長手
都抓不住

久久地活著，千萬別
忘了我。

你也是那樣嗎？

我因你而活著

吃飯時
也想
趕快吃完要去見你
睡覺時
也想
趕快天亮要去見你

你在身旁時想著
為何時間過得如此快，令人遺憾

你不在時想著
為何時間如此緩慢，令人難受

出遠門時想著你
回來時也想著你
我今天的太陽
也是因你而升，因你而沉

你也像我那樣嗎？

花
1

就再愛一次
再一次得罪
再一次求得原諒吧

春天因此是春天。

花
· 2

可愛一詞
輕輕吞下

焦慮一詞
咕嘟一聲吞下

愛一詞
好不容易吞下

遺憾、難受、苦悶的話
一次又一次吞下了

然後他決定自己化作花。

花
・3

不是因為漂亮
不是因為出眾
也不是因為擁有很多
只因為是你
因為你是你
我想你，我愛你，我為你操心
終究會化作釘子釘上胸口
沒有理由
如果只有一個理由
就是你是你！
因為你是你

珍貴、美麗、可愛、圓滿
花兒，就一直這樣下去吧。

獨自

比起叢叢盛開的花
有時三三兩兩竊竊私語的花
更和睦，更相好

比起三三兩兩綻放的花
有時一朵獨開的花
更坦蕩，更美麗

今天你獨自一朵
孤單單地站著
請別因而太難過。

虞美人草

思考總是很快
覺醒總是很慢

那樣一天兩天
血液累積在胸口

動盪的心緒
不時被你發現

望向你的眼神
不時被人們察覺。

卑微的告白

將我擁有的給予別人時
人們很喜歡

比起給予
好幾個裡的一個
給予唯一的那一個時
人們更喜歡

今天給你我的這顆心
就是唯一的那一個
懇請別隨意
將它丟棄。

儘
管
如
此

我喜歡你笑的時候
我喜歡你說話的時候
也喜歡你不說話的時候
你那嬌嗔的臉、毫不在乎的表情
時而放刺的口氣
我還是都很喜歡。

在這秋季

我還愛你
因而哀傷。

活下去的理由

想起你
我從沉睡中驚醒
力量湧現

想起你，喚起
我在世上活下去的勇氣
天空更加蔚藍

想起你的臉
我感到溫暖
想起你的聲音
我便愉快起來

那麼，讓我緊閉雙眼
得罪上帝一次吧！
這是這個春天活下去的理由。

木蘭花落

你離開我的那一天
希望是花開的一天
希望眾花之中的木蘭花
在天上在地上
點白色花燈似地
綻放的一個春天

你離開我的那一天
希望我能不哭
希望我輕輕揮手
說著一帆風順

送走當天往返的旅人似地
送你離開

縱能如此
在你不知道的時候
我心裡的花朵凋謝著
純白的木蘭花嗚嗚咽咽
要吞下啜泣聲似地
散落一地。

離別

叫地球的星星
叫今天的一天
不會再相見的
你

你面前的我現在
在哭？
在笑？

初萌之春

初萌之春在樹枝上
在鳥鳴中

更幼嫩之春
在我心裡

今天我看著你
如此將哭欲哭。

樹

未經你的同意，我
將太多心緒
送到你那兒
太多心緒
被你奪去
那些心緒，我無法收回
站在起風的草原盡頭
我今天又如此悲傷
化作一棵樹，哭泣。

遙遠

我嘆息時
你可能也在嘆息
我看著花這麼想

我哭泣時
你可能也在哭泣
我看著月亮這麼想

我思念時
你可能也在思念
我看著星星這麼想

此刻你在那裡
此刻我在這裡。

愛總是生澀

不生澀的愛已經
不是愛
昨天看了今天再看
你的臉還是生澀而新穎

不陌生的愛已經
不是愛
剛才聽了再聽
你的聲音還是陌生而新穎

我在哪裡見過這個人……

聽過這個聲音嗎……
生澀的才是愛
陌生的才是愛

今天你在我面前
再一次生
今天我在你面前
再一次死。

離去後的空位

我離去後的空位
你獨自留在那裡
怕你久久哭泣
我無法輕易離開，這裡

你離去後的空位
我獨自留在這裡
想著我會久久哭泣
你也在哭嗎？那裡。

遠遠祈禱

在我不知道的某處
像看不見的花那樣笑著
你一個人讓這世界
再一次迎接絢爛的早晨

在你不知道的某處
像看不見的草那樣呼吸著
我一個人讓這世界
再一次走進寂靜的夜晚

秋天了，但願別生病。

我喜歡的人

我喜歡的人是
該悲傷的時候悲傷
該難過的時候難過的人

站在人前
不驕傲
站在人後
不膽怯

我喜歡的人是
該討厭就討厭
該喜歡就喜歡
單純的普通人。

已經說出口

已經說出口
影響的是人的心

直到不用我說
你也能理解我的心時

直到我的心意
滲進那棵樹、那朵白雲裡時

我除了這樣站著之外
別無選擇。

該離開之時

知道該離開之時
是可悲的事
知道該忘卻之時
是可悲的事
我了解我自己
是更可悲的事

我們不過是
在世上短暫停留的人
你在看的是
我的白雲
我在看的是
你的白雲

能否有個淘氣的畫家
提筆將我們抹去
再把我們
畫進意想不到之處？

捨不得送走該離開的人
是可惜的事
捨不得忘卻該忘卻的人
是可惜的事
知道自己總是這樣捨不得
是可惜又可惜的事。

幸福

天黑時
有可以回去的家

疲憊時
有可以想起的人

寂寞時
有能獨自哼唱的歌。

草花·1

仔細看才
漂亮

久久看才
可愛

你也是那樣。

問
安

一直
很想見你

一直
沒見到面

你說你很好
就太好了。

思念

陽光大好
我一個人來
一個人回去。

美
人

美人在前
視線不知該看哪兒
不能看
也不能不看
直是個
耀眼眩目的人。

墓
誌
銘

知道你非常想念我
再忍耐一下吧。

我喜歡的季節

我最喜歡的月份是
十一月
說得寬鬆一點
是十一月到十二月中旬

葉子落盡孤立著的樹
樹群踮著腳尖踩著山脊
山脊上灑滿陽光
赤裸裸的黃土
是我喜歡的

黃土裡有著
去祭拜祖先
喝兩三碗濁米酒
哼著歌歸來的父親
蹣跚的腳步聲

那裡呼吸著
與年幼弟弟倚著石牆角
等待父親帶回大包齋果的
那些傍晚
正餓著的時候

那黃土裡有著
母親在鐵鍋裡蒸煮
代替一餐的地瓜
香噴噴的氣味
蒸氣冉冉升起

我最喜歡的季節是
葉子落盡，看得見樹幹根部的
晚秋到初冬
那坦率、那潔淨、那謙遜
讓人忍不住愛上。

星星替我們說了

微風帶著芳香的夜晚
在枸橘刺籬外
我們相逢了
枸橘的白色花苞
在黑暗中哆嗦
顫動
我們的胸口也隨之
顫動
我們早該說的話
星星替我們說了。

春
天

所謂的春天果真
存在嗎？
覺得仍是冬天時，已是春天
覺得仍是春天時，卻已是夏天
吃力地姍姍而來
匆匆地虛霍而去的
春天
我們的人生裡
有過所謂的春天嗎？

十一月

想回去，卻已走得太遠
想放棄，卻已是無法放棄的時候

某處一朵凍霜的小玫瑰
似乎以沾著血的嘴唇看著這裡

白天更短一點了
我應該要更加愛惜你。

草花
・
2

知道了名字就當鄰居
知道了顏色就當朋友
連模樣都知道了就當情人
哦，對了，這是祕密。

祈禱

如果我孤單
請讓我去想
比我更孤單的人

如果我寒冷
請讓我去想
比我更寒冷的人

如果我窮困
請讓我去想
比我更窮困的人

尤其如果我出身卑賤
請讓我去想
比我出身更卑賤的人

懇請讓我
時時自問
時時自答

如今我來到哪兒？
如今我要走向哪裡？
現在我看著什麼？
現在我在作什麼夢？

竹林下

1
風追趕著雲
雲追趕著思念
思念再追趕著竹林
竹林下我的心追趕著落葉

2
像竹葉上整夜泛著的星光
焦黑的燈罩上浮著你的臉
深夜的竹林裡，驟雨滴滴答答的聲音
偶爾夾著夜風颯颯而去的呼嘯聲

3
昨天寫了信說好想你
晚上夢見跟你一起倒下哭泣
睡醒時眼皮還留著已乾的淚痕
推開房門眺望山間絲絲霧雨

4
不得獨佔的秋天裡
我只擁有落日時西邊的雲彩
我只擁有村子外
孩子們的喧嘩聲

我只擁有村子外
繚繞而起的夜霧

其實也不一定不得獨佔的
這個秋天
我只擁有
早早享用晚餐後
到井邊散步時的月亮
我只擁有
水裡散著光暈的月亮。

冬之行

十歲時美麗的彩霞
到了四十歲時仍然美麗
讓人明白
真正的寂靜多麼可貴

田野上
寒冷的樹木與村落
村落上方是山
山上方是天空

死者升天
化作雲彩，化作結冰的星光
我看見生者走進村落
化作溫暖的燈火。

禮物

天空下我收到
最大的禮物
是今天

今天我收到的禮物中
最美麗的
是你

你低沉的嗓音
笑臉，與一段哼唱
為我帶來如懷抱大海般的喜悅。

問
風

問風
現在那裡依舊
花開月升嗎

問風
我思念的人，忘不了的人
如今依舊等著我
在那裡徘徊嗎

曾為我而唱的那首歌
如今他也獨自一邊唱
一邊哭嗎。

今天你也在遠方

我打電話你每次問
你在哪兒？做些什麼？
跟誰一起？沒什麼事吧？
飯有好好吃嗎？睡得夠嗎？
問了又問

說真的
早上起床陽光耀眼
可見夜裡什麼事都沒發生

今天你也在遠方

從此以後整顆地球都是你的身你的心。

離開家後

有離開家後想念的
一條河
有分手後想見的
一個人
白楊樹長出新葉
向微風招手的春天河畔
淚光閃閃的夏日傍晚
水波粼粼
或者冬日薄霧中，太陽升起時
沙沙作響的河畔蘆葦叢裡
赤腳游玩的冬季候鳥

有分手後想見的
一個人
有離開家後想念的
一條河。

草花·3

活下去吧，別氣餒
讓花綻放
你一定會喜歡。

拜託

不要走得太遠
我的愛

只能到
看得到影子
聽得到聲音的地方

我怕你找不到回來的路
我的愛。

別珍惜

不必因為是好的而珍惜
衣櫥裡的新衣服、漂亮衣服
不必只為宴席或婚禮
珍惜著不穿
這樣的話
時間過了就變成舊衣

也不要珍惜心意
放在心裡的愛戀、思慕
不必為了要給更好的對象而珍惜
這樣的話
心靈枯涸就變成老人

如果有好衣服，想穿就穿
如果有好食物，想吃就吃
如果有好音樂，想聽就聽
尤其如果有好的對象
不要埋藏在心中
請盡情地愛他，盡情地戀他

也許會因而臉紅
也許會因而淚眼汪汪
但那有什麼大不了！

如今你面前有好花
有佳人
請盡情地愛戀那花兒
盡情地思慕那佳人吧。

出生在這世上的我

出生在這世上的我
沒有想要
獨佔任何事物

如果真有想要獨佔的，那是
一角藍天
一陣微風
一片晚霞

如果可以更貪婪一點，再加上
飛舞的落葉
一片

出生在這世上的我
沒有想要把任何人
獨自深藏

如果有真心愛過的人，那是
就一個
目光澄澈的那個人
心裡藏著澄淨的悲傷的人

如果可以更貪婪一點，再加上
即使老了也不害羞
與唯一想見的那個人
你。

花瓣

花朵滿開的樹下
我們相視而笑

眼睛是花瓣
額頭是花瓣
嘴唇是花瓣

我們小酌
時而淚眼汪汪

拍了照
那天我們就這樣
分開

回家拿出照片看
拍到的全是花瓣。

三月

不管，不管如何
三月一定會來
怎樣都一定會來
戰勝了二月
戰勝了寒冷且貧困的心情
寬大的心回來了
回到我們面前
鋪下草葉花瓣做的絲綢坐墊
群鳥邀請我們
一起鳴唱
唱什麼都好

溪水聲也拜託我們
叨叨絮語
啊，孩子們
再一次換上新衣
背新書包
配新徽章
在我們面前經過
如波浪蕩漾
可是三月裡
寂寞的人仍舊寂寞
孤單的人仍舊孤單。

為了像草葉

我將身體
依偎在草葉上

輕輕搖曳
草葉彎彎

我將悲傷
擱在草葉上

輕輕搖曳
草葉彎得更低了

看來今天
比起體重，我的悲傷更沉。

背影

耳朵漂亮的話，就讓我看耳朵吧
眉毛好看的話，就讓我看眉毛吧
嘴唇誘人的話，就讓我看嘴唇吧
哪怕是挾著香菸的
手指迷人
讓我看手指也行
如果真的沒有可以讓我看的
就等到有的時候吧
如果等了等還是沒有
就讓我看你的背影吧
讓我看
你小心翼翼離去的背影吧。

跟樹攀談

我們真的
見過嗎？

有一段時間
我們曾經互信相愛
有一段時間
我們曾經互信相知
還有一段時間
我們覺得為彼此付出所有都不足惜

雖然沒有風
樹木卻隱約地
微微彎了身。

越是感到孤單

越是感到孤單
越是想一個人

越是有想説的話
越是謹慎説

越是想哭
越是將眼淚堅強地忍下

夢了又夢

盼能從人群中脫身
在高大的白楊樹旁
獨自一人低著頭走上山路。

在島上

今天，你啊

每次見面都新鮮
每次相聚都歡喜
每次想起都可愛
但願你是那樣的人

像風景這般
像葉子這般
像樹木這般。

又到了九月

等吧，久久地
越久越好
漫長也要繼續等

療癒的季節即將到來
受傷的野獸
用舌頭舔舐傷口
要忘掉疼痛

秋天的果實
日漸飽滿

眼明腳健的孩子們
從遠方匆匆趕回來

雲彩飄飄浮上高空
天空一角
隆起了純白宮殿

現在是各走
各路的時候了

等吧，久久地
漫長地等著。

不自量力

不自量力
我想看看剩下的青春

不自量力
我想看看剩下的愛

雖說蠟燭要燒完燭芯
才是蠟燭

雖說愛
僅只一次才是愛……。

思念

有時從我眼裡
也會流出鹹鹹的水
或許在我眼中
住著一片海。

睡前祈禱

上帝呀
今天又是
過得很好，可以死去的一天
明天早上別忘了
喚醒我。

耀眼的世界

從遠方看
世界有時小而可愛
甚至溫暖
我伸出手
輕撫世界的頭
像剛睡醒的孩子
世界瞇著眼睛
向我微笑

世界看起來也耀眼。

三月下的雪

雖說是雪，三月下的
是降下就立即融化的雪
對嫩枝
對嫩根
化作眼淚滋潤的雪
現在輪到你們了
好好長大，快快長大
融化成水的雪輕聲說。

十二月

短如一天的一年

長如一年的一天，一天

就這樣消失的我

和你。

人群中的我

在人群中的我
感到害怕
因為那裡沒有你

在無人之處的我
感到害怕
因為那裡也沒有你。

想
你

想你
想你的念頭
充滿我心
你忽然現身眼前
如黑暗裡點亮的蠟燭
來到我面前展開笑顏

想你
想你這句話
盈滿我的口
你忽然現身樹下等我
在我走過的街角
變作樹葉，變作陽光等著我。

小堇菜

腳下那可憐的
請別踩踏
踩了那花會被懲罰
踩了那花是罪過。

戀愛

每天從沉睡中
一醒來就想你
心裡的話只對你説
第一個祈禱是為你

這樣受罪的時期，我也有過。

我的愛是假的

話是那麼説的
愛上就輸了
輸了，心仍平靜

然而
輸了的心真的能平靜嗎？

話是那麼説的
愛是放手
放手，仍感到幸福

然而
放手真的會感到幸福嗎？

愛就是

愛就是
坐立不安

愛就是
心跳加速

愛就是
徬徨踱步

愛就是
微風吹來

愛就是
鳥兒飛翔

愛就是
水開滾燙

愛就是
千頭萬緒。

內藏山楓葉

跟明天就要分手的人
一起來看

跟明天就要忘卻的人
一起來看

那座山巒生生不息
急促呼吸的模樣

燒不盡那女人的
悲傷……。

別後

午後生鏽的汽笛聲裡
晃動著走的
輕輕肩膀
地平線上消失不去
消失不去的
小小的
一個
點
（水色長襪）
（藤花紫紋）

青蛙荒唐蛙鼓：
夏日晝長
白晝月白。

詩

只是俯拾之物

街上或人群間
被遺棄的閃閃發亮的
心之寶石。

林檎樹下

一個男人牽著一個女人的手
是一個年輕宇宙
與另一個年輕宇宙牽手

一個女人倚在一個男人肩膀
是一個年輕宇宙
倚在另一個年輕宇宙的肩膀

那是蔚藍五月的一個正午
掛著林檎花燈的
林檎樹下。

回憶

沒有目的地，忽然就踏上旅程
我有過這樣的衝動
不管是誰，想趕快看見他的臉孔
也有過這樣的衝動

並不是
有什麼理由
更不是
有非說不可的話

田野青草茂盛

從胸口開出
朵朵紅色的花

殷殷低下頭
無論如何
都想讓你看那風景
我也有過這樣的衝動。

世上的幾日

曾是照亮污漬紙窗的一束月光
也是吹動田野上那棵高大白楊樹枝條的風
現在能勉強是一場驟雨嗎？
曾是沾濕衣角或髮梢的細雨
也是沒打過招呼，就逕自賴上海邊民宿門檻的
波浪
誰不是那樣呢
待上幾天就離開這世上
一些這樣那樣的事
曾經很好
曾經悲傷
曾經疲憊

認識你之後內心澎湃、心動
但接下來是漫長的寂寞、悲傷與等待
曾是夏日染上小指指甲的紅色鳳仙花汁
也是剪下的指甲碎屑上閃晃的初雪
淚水噙在眼眶裡了嗎？
睫毛眨了一下
睫毛再眨了幾下……。

通話

睡夢中的我
也在
給你打電話

說每天只想著你
明天也充滿對你滿滿的想念

睡夢中的我
還在接聽
你的電話。

雪

對你的記憶如飄浮般
只有顏色、氣味、聲音
夜晚降落於地
停留在
你純白的肌膚上。

霧

模糊的臉
遺忘的記憶
即使如此，心仍痛著。

未曾去過的巷弄

想著未曾去過的巷弄
而活著

夢著未曾知曉的花園
與花園裡美麗的花朵
而活著

世上某處
隱藏著
我們未曾去過的巷弄
我們未曾知曉的花園

僅僅如此
是多麼充滿希望的事啊！

為了與未曾見面的人相遇
而活著

世上某處
一定有許多
我們未曾見面的人
僅僅如此
是多麼令人怦然心動的事啊！

市場小路

難得去市場
感受喧騰的聲音
隱隱飄散的腥味
那才是人們生氣勃勃的
氣味與聲音
沒有東西要買的日子
也因為喜歡那聲音、那氣味
我逗留在市場小路上。

那樣的人

曾有過他一個人就是全世界
這種時候

因為他一個人
全世界都圓滿，全世界都溫暖

曾有過他一個人就讓全世界燦爛
這種時候

因為他一個人
狂風暴雨的日子，我也不怕

我希望他有時
也可以把我記成那樣的人。

詩

掃了院子
地球一隅乾淨了

花開一朵
地球一隅美麗了

心中萌芽一首詩
地球一隅明亮了

此刻我愛著你
地球一隅更乾淨
更美麗了。

小石子

澄澈流水裡
隱約可見微微晃動的
一顆斑紋石子
回家時把它帶走吧
撿起來放在岩石上
放著一會兒
辦完事回來
就找不著
放在哪兒了
怎麼也找不著

那顆小石子，不就是我嗎？

走在鄉間小路上

1
在這世界結識了你
多麼幸運
對你的思念
讓我的世界燦爛無比
數不盡的人們之中，只有你一個
對你的思念
讓我的世界溫暖有餘

2
昨天也走在鄉間小路

想著你
今天也走在鄉間小路
想著你
我看見
昨天我踩踏的小草
今天又重新挺直
在風中搖曳
我希望成為
被你踩踏後重獲新生的小草
在你面前微微搖曳的
小草。

深夜裡

深夜裡
沒來由地
醒了

偶然注意到
房裡的花盆

乾涸的花盆

啊，是你吧
是你口渴把我
喚醒。

即使我有愛人的心

愛人的心
即使我有
愛人的話
也難説出口
因為我愛你這詞語
我未必能堅持到底

無情的心
即使我有
無情的話
也難説出口

因為被人說無情的話
我會久久難忘

寂寞悲傷的心
即使我有
寂寞悲傷的話
也難說出口
因為聽別人訴說寂寞悲傷
我也會隨之寂寞，隨之悲傷

我心懷愛人的心
活著

我撫慰無情的心
活著
我隱藏寂寞悲傷的心
活著。

喜悦

蘭花盆裡
一枝彎彎的莖葉
倚靠著虛空

虛空也隨之彎曲
將蘭花的莖葉
輕輕擁入懷裡

它倆之間靜靜流著
我這個人不會知道的
喜悦之河。

野菊·1

1
決心不哭
睫毛先濕了

發誓要忘記
一再想起

到底為什麼
我們會分開又想念？

口中說著要忘記
要忘記⋯⋯

在
燈罩下

2
活著一輩子
有很多會流淚的事
夜夜點燈
在你這江心持槳划著
我是渡船

每天早上
繞著露水與綠草茂盛的
小徑深處
想念你的心
開了白花一朵。

悲傷

至少在還有陽光時
請讓我留在你身邊

失魂般愣愣坐著的
陶器與土鍋
漬透污泥的紙窗上
徐徐渲染開的晚霞，灑下黃土色光

至少在陽光還明亮時
請讓我守著你淚水汪汪的眼。

野菊·2

獨自登上
風吹的山嶺
別把放下的過去
一再想起
完完全全不要再想起

獨自登上
蘆花盛開的山嶺
已經放下的過去
忘了吧
乾乾淨淨地忘了吧

看著
雲彩輕飄的天空
不知不覺
淚水盈滿了雙眼
露水浸濕了花瓣。

順
怡

順怡，呼喊這個名字
口中變得清香
順怡，再一次呼喊這個名字
胸口感到溫暖

順怡，每次呼喊這個名字
我心中的草葉更青綠
順怡，每次呼喊這個名字
我心中的樹木更堂堂

你是我的視線

所統治的領土
我是你的祈禱下
成長的草與樹

順怡，每次呼喊這個名字
你又更加柔順
順怡，再一次呼喊這個名字
你又更加美麗。

開花的樹

看到奪目美景時説
沒看到這幅景色就死去
一定會不知如何是好

聽到悦耳音樂時想
沒聽到這段音樂就離開
一定會不知如何是好

你是對我非常好的人
沒和你相識就走完一生
一定會非常遺憾惋惜……

在你面前
我也是渾身癢著
開花的樹

如今你與我面對面
我們之間流淌著
起伏蕩漾的音樂之河

此時你身後
冷清的雜木林
也是美麗如畫的世界。

紫花地丁

你離去後，這裡
只剩我一人
淒涼的一天
紫花地丁開了
比起其他時候
開得
更美麗。

珍惜話語

請珍惜話語
請珍惜眼淚

忍一忍
人的言詞也會芬芳

懂珍惜
人的眼淚也能變成葡萄果粒

獨自低語的言詞
轉身擦去的眼淚。

山茱萸花謝的地方

愛，我心裡有愛

無論如何都想向人說

卻沒有能安心直說的對象

我在山茱萸花旁隨口說的幾句喃喃細語

被盛開的黃色山茱萸花記下

說給暖洋洋的陽光聽

說給飛來玩耍的山鳥聽

還說給溪流聽

愛，我心裡有愛

但連名字都無法訴說的

我的這幾句話

整個夏天，奔流的溪水始終惦記著
如今秋天也結束，溪水也沉默
在山茱萸花謝的地方
只有山茱萸果實
在純白的雪中炫耀美麗的彤紅。

今天的約定

遠大的話、沉重的事，我們別談了
只談渺小輕鬆的事吧
比如早上起床看到不知名的小鳥飛過
走在路上聽到牆另一面傳來孩子的喧嘩聲
而暫時停下腳步
忽然發現蟬鳴在空中如流水般逝去
我們就談談這些事吧

別人的話、外頭的事，我們別談了
只談談我們的事、彼此的話吧
比如昨晚睡不著折騰了好久

整天想著你而心痛難耐
在晴朗的夜空找一顆星星
對它説出深藏的心願
我們就談談這些事吧

其實我們都知道
即使只談我們的事，時間也不夠
是的，我們相隔很遠，分開了很久
但也要努力追求幸福
這就是我們今天的約定。

給台灣讀者

我寫詩寫了很長一段時間，最開始是 16 歲的時候。那時有了心上人，想要寫情書給她卻沒寫成，取而代之，我開始寫詩。

那之後，60 年來我沒有一天不寫詩。我真正成為詩人是 1971 年。這麼多年來我從沒改變的是，始終以寫情書的心情來寫詩，將想法傳達給世人。但是，想要把詩傳達給讀者沒有那麼容易，因此沒有收到回音。

我開始收到讀者的回音，是 70 歲之後的事了。大多是對部落格、各種社群媒體上刊載的我的詩的回音。於是，我們將這些詩重新集結，出版了這本書。出版的時候還在書上加了「網路詩集」這樣的稱呼。

剛出版的時候，讀者沒什麼回應，慢慢地才開始有讀者分享，最後成為一本長銷書。特別在年輕人中得到好評，不只是愛好文學的人，一般人也十分喜歡。這本詩集能獲得這麼多人的喜愛，是很令人驚喜的一件事。

　　此外，漸漸有明星藝人開始閱讀這本詩集。演藝圈中最喜歡我的詩的明星，當屬在台灣也有很多粉絲的李鍾碩，他不僅在 2012 年主演的韓劇《學校 2013》中朗讀我的詩〈草花〉，更與我一起出版攝影詩集。

　　之後，BLACKPINK 的主唱 Jisoo 小姐也在機場被拍到拿著這本書的照片，以及世界級的韓團 BTS 隊長 RM 在網路上寫下自己喜歡這本書。

　　而讓這本詩集熱賣的最大助力，是 2018 年 tvN 台播放的韓劇《男朋友》，男女主角朴寶劍與宋慧喬拿著這本詩集的橋段，在戲裡出現

好幾次。這讓光是 2019 年 1 月一個月份，這本詩集就賣出了 10 萬本，相當驚人。

這樣的發展，對於年歲已高、長期寫詩的我這樣的人來說，是祝福，更多是歡喜。因為，真正的好詩，必須能夠跨越社會階層、跨越世代、跨越時間，讓所有人都喜歡並支持。我的詩在世上留存，並且傳到讀者手上，這樣的話，即使我離開這世界，這些詩也會代替我繼續活下去。

特別是這次，能向台灣的好讀者們介紹這本詩集，非常開心，深深感謝。雖然是別國的人寫的詩，但如果你們讀了這本詩集，能感受到開心、傷心被療癒、被激勵的話，就是我最大的榮幸。

2021 年
羅泰柱

文學森林書系 LF0148

像看花一樣看著你
꽃을 보듯 너를 본다

作者：羅泰柱
譯者：柳亨奎

美術設計：Bianco Tsai
責任編輯：詹修蘋
編輯協力：黃寶嬋
行銷企劃：楊若榆
版權負責：陳柏昌
副總編輯：梁心愉

發行人：葉美瑤
出版：新經典圖文傳播有限公司
10045 臺北市中正區重慶南路一段 57 號 11 樓之 4
電話：02-2331-1830　傳真：02-2331-1831
讀者服務信箱：thinkingdomtw@gmail.com
Facebook 粉絲專頁：新經典文化 ThinKingDom

總經銷：高寶書版集團
11493 臺北市內湖區洲子街 88 號 3 樓
電話：02-2799-2788　傳真：02-2799-0909
海外總經銷：時報文化出版企業股份有限公司
地址：桃園市龜山區萬壽路二段 351 號
電話：02-2306-6842　傳真：02-2304-9301

初版一刷：2021 年 9 月 6 日
初版六刷：2023 年 6 月 26 日
定價：新台幣 320 元

國家圖書館出版品預行編目 (CIP) 資料

像看花一樣看著你 / 羅泰柱作 ; 柳亨奎譯. -- 初版. -- 臺北
市 : 新經典圖文傳播有限公司, 2021.09
184 面 ; 13×20 公分. -- (文學森林書系 ; LF0148)
譯自 : 꽃을 보듯 너를 본다
ISBN 978-986-06699-5-4 (平裝)

862.51　　　　　　　　　　110013090